지은이

슬로보트
slowboat

초등교사를 그만둔 후 노래를 만들고 작은 서점을 열었습니다.
썩썩하게 걷는 편이고 몰래 웃긴 춤도 춥니다.
하나의 인생에서 여러 번 살아보는 것.
그것을 탐구하며 지금은 주로 북극서점에 앉아 있습니다.

슬로보트 정규 1집 〈섬광〉, 독립출판물 〈각자의 해변〉〈스스스스스〉를 만들었습니다.

MUSIC 슬로보트 1집 정규 앨범 〈섬광〉

instagram@bookgeuk

그린이

김성라

그림과 글로 이야기하는 것을 좋아합니다.

태어나고 자란 제주의 이야기를 담은
〈고사리 가방〉〈귤사람〉 등을 쓰고 그렸습니다.

instagram@seong_ra

고르고르 인생관

김성라 그림

고르고르 인생관

슬로보트 지음

여러분에게
가장 소중한 인생관은
무엇일까 궁금합니다

종종 아는 사람이 없는 먼 나라로 혼자 여행을 합니다.
여행을 하면서는 스스로가 나의 집이 되고,
그 집을 마음껏 움직여가며 총천연색의 세상을 바라봅니다.
내가 오늘 가장 원하는 일이 무엇인지 정성껏 들어주고,
충분히 이루어 주는 평온한 날들입니다.

하지만 여행에서 돌아와 누군가를 만나고 돌아오는 길에는
내가 무언가 부족한 사람처럼 느껴져 스스로를 다그칩니다.
사람들이 중요하다고 말했던 것을 놓치면
불행해질지도 모른다는 의심이 드는 날. 고민에 빠진 그 밤에는
역시 내가 모든 것이 되어 볼 수는 없음을 인정하며
씁쓸하게 잠이 들어요.

진짜 나는 어떤 사람인 것일까?

푹 행복에 잠겼던 날, 내가 정말 누렸던 것은 무엇이었을까?
듣기만 해도 가슴이 뛰었던 소중한 것은 무엇일까?

실제의 삶과 나의 가치관이 어긋나면 조금씩 외로워져요.
나를 진심으로 두근거리게 하는 인생관을 우직하게 고르며
스스로에게 향하는 선명한 길을 찾을 수 있으면 좋겠습니다.
내 마음이 우물쭈물 속삭이는 것을 더 가까이 다가가 들어주고
이루어 주기를, 다른 사람이 보지 않는 곳에서도
스스로의 빛나는 구석을 소중히 대해 주기를.
하지만 늘 모든 것을 누릴 수는 없을 테니,
그럴 때는 사람들끼리 모여 서로에게 닿는 길을 찾아보면 좋겠어요.

여러분에게 가장 소중한 가치관은 무엇일까 궁금합니다.
이 책을 읽으며 찬찬히 발견해 주세요.
우리가 들었던 모든 좋은 노래를 한 번에 기억하기는 어렵지만,
이 책에 나오는 사람들의 노래를 들으며
당신의 노래를 떠올릴 수 있을 거예요.
우리는 모두 다른 선율의 노래를 가지고 있는 사람들.
그것을 흥얼거리며 집에 돌아오는 날들이 많아지기를 바라요.

자신과 정확히 연결되는 것이 비로소 타인과
진심으로 연결되는 첫걸음이라고 생각하며 글을 썼습니다.
책이 나오기까지 많은 분이 베풀어 주셨던 모든 다정함에
감사드리며, 지금도 애쓰고 있을 당신에게까지
그분들의 다정함이 가 닿기를 바랍니다.

책을 읽고 내게 가장 반짝이는 북극성을 찾았다면,
그것을 향해 씩씩하고 화창하게 걸어가 주세요.

슬로보트 드림

반짝,
눈을 떴을 때
비눗방울이 보였습니다.

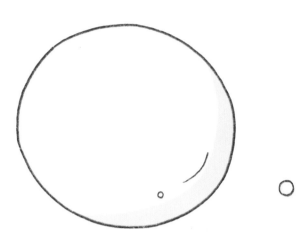

커다랗고 커다란.

가볍게 뛰어서 터트렸어요.

엇, 누군가 내 비눗방울을 터트렸어요.

편지를 (쫑얼쫑얼)
그 사람들에게 (쫑얼쫑얼)
알겠지?

쫑긋..

알겠지?

가방도 메고.

그럼 이제 가 봐. 원래 네 가족을
만날 수도 있지만 절대 아는 척
하면 안 된다.

어허!
더 뻑뻑하게!

참. 다 배달하면 원하는 걸로
다시 태어날 수 있어! 인간으로도!

근데 너 이름이 뭐야?

내 이름은 고르. 우체 고양이.

고르

이렇게 편지 배달이 시작되었습니다.

01 | 북극
선생님의
인생관

사고 싶은 것을
마음껏 사는
어른이 되었다.

어릴 땐, 돈으로 하고 싶은 일이
무척 많았는데,

가장 부러웠던 것은 책이 많은 집.

집안 사정에 맞추어
안정적인 직업을 택했고

나름 뿌듯한 일도 있었지만,

퇴근길, 버스 창문에 기대어서는
줄곧 알 수 없는 절망에 시달렸다.

행복의 모양에 대해 생각한다.
나는 잘 찾아온 것일까?

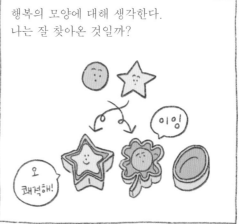

00초등학교 아람단 여행

선생님 과자 먹어도 되나요?

기차 한 칸이 모두 아이들이라니.

모두 안전벨트 풀면 안 돼요.

네, 근데 친구랑 앉아도 돼요?

영화 폴라 익스프레스 생각나네.
아이들만 탄 기차가
북극으로 향했지.

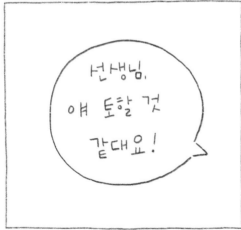

선생님, 얘 토할 것 같대요!

아쿠!

모두 좋은 사람들이지만,
진심으로 소속감을
느껴 본 적이 없다.

저 한 바퀴
둘러보고 올게요.

모두 다르지만 같은 이끼가 덮여서
비슷해졌네.

나와 닮은 사람들이
어딘가에 모여 있을지도.

오래 머무르기만 하면 나도 이곳에
있는 게 자연스러워질까? 아니면······.

애써 노력하지 않아도 잘 어울리는 곳을
찾아가야 할까?

열심히 노를 저어 원하는 곳에 도착했어도

팔랑

나뭇잎 배 위에
꽃잎!

톡

다시 새로운 곳으로 출발해 보고 싶어.

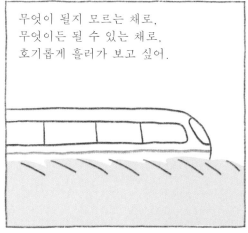

무엇이 될지 모르는 채로,
무엇이든 될 수 있는 채로,
호기롭게 흘러가 보고 싶어.

마음껏 가면, 어디까지 갈 수 있을까?

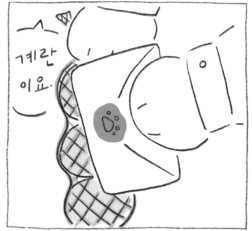

Dear

모험에
가슴이 뛰는
너에게

자유로움

누군가 놓아둔 자리에
가만히 박혀 있기만 해야 한다면 답답하겠지.
이리저리 던져지는 물건처럼 느껴지면 슬퍼질 거야.
너는 네가 무엇을 하고 싶은지, 하고 싶지 않은지,
어떤 사람이 될지, 되지 않을지
거침없이 결정할 수 있어.

아무도 없는 숲길을 마음껏 걷다가
궁금한 것이 있으면 털썩 주저앉아 마음껏 구경하고,
어딘가에서 길을 잃어버려도 괜찮아.
아무에게도 혼나지 않거든.
길을 잃어버린 채로 그곳을 즐기면 되잖아.

해가 질 때까지 마구 쏘다니고,
원할 때는 언제든 그 여행을 끝낼 수 있는 것.
너에게 맞지 않고 어울리지 않는 것을 단박에 벗어 버리고
무엇이 될지, 어디로 갈지 마음껏 꿈꿀 수 있다는 것.

높은 곳에 올라 자유롭게 세상을 굽어보는 너에게
시원한 바람이 불어오는구나.
그 바람이 너를 지나 내게도 불어오는 것 같아.

자아실현

되고자 하는 네가 되어 가는 것.

진정으로 바라고 원하는 자신의 모습을 찾아가고,

이루어 가는 것.

그러니까 꿈이라고 부르는 두근거리는 무언가를.

그동안 시간 가는 줄 모르고 열심히 빠져들었던
매력적인 일이 있니?
그 두근거리는 일을 더 잘하고 싶고, 그래서 배우게 되고,
조금씩 잘하게 되는 자신이 점점 더 자랑스러워졌을 거야.
이마를 기울여 너에게 가장 알맞고 반짝이는 모습을
찾아내기를.
그 길 끝에 무엇이 있을지 궁금하고 기대된다.

그저 멀리 아름답게만 느껴졌던 것들이
어느새 네 안에 들어와 있구나.
사실은 모두 네 안에 이미 있던 씨앗이야.
좋아하는 것을 갈고닦아서 멋지게 피워 올린 거야.

더는 다른 사람을 부러워할 필요도 없지.
드디어 가장 멋지다고 생각했던 무언가가 되었으니까!

완성된 자신을 마음껏 누리고 다시 새로운 꿈을 꾸자.
자, 이번에는 어디까지 가 볼까?

너는 누군가 가장 아름답다고 생각하는 것을
곱게 모아 둔 방에 초대되는 것을 좋아해.
비밀스럽게 만든 방이지만 완성된 후에는
누구에게나 열려 있어.

그림과 노래, 연극과 영화와 춤,
재능 있는 사람들이 정성스럽게 가꾼 멋진 내면을 보여 주는 일.

만든 사람이 자신의 기쁨과 슬픔을 보여 주며
너의 기쁨과 슬픔에 손을 건네고,
마침내 마음이 겹쳐지면 함께 활짝 기뻐하고 잠시 쉬어 가는 것.

네가 예술을 사랑한다면
인생에 새롭게 두근거리는 아름다움이 가득할 거야.

진심으로 네 영혼과 손끝이 닿았던 예술이라면
언젠가 네가 어두운 길을 걷고 있을 때
반딧불처럼 다시 환히 날아들 거야.

이제 너는 주변의 사소한 풍경에서 스스로 의미를 찾고 있겠지?
태풍에 일찍 떨어져 버린 설익은 과일을 바라보며
무언가 느끼고 있니?
원하는 방법으로 마음껏 기록하고,
그것을 너의 방으로 가지고 가렴.
함께 읽어 줄 누군가가 너를 오랫동안 기다리고 있어.

우리에게는 안심하고 둘러싸여 있을 수 있는

사람들이 필요해.

두런두런 수다를 떨며 함께 같은 것을 좋아해 줄 사람,

다르고 낯선 점을 신기해하며 배워 갈 사람이 필요해.

서로에게 단단히 딛고 자랄 흙이 되어 주는 사람들이야.

혼자 깊게 가라앉는 날이 있어.
혼자서 꾹꾹 담아놓는데 뚜껑을 닫아도 잘 닫히지 않고
슬픈 것이 넘칠 때가 있어.
그럴 때는 누군가와 편안하게 이야기하는 것만으로도
안심이 되지.

같이 무언가에 도전해 보자고 신나게 말해 보고 싶어.
함께 아프리카에 가자, 연극을 만들자, 책을 만들어 보자.
플라스틱을 먹고 죽어가는 앨버트로스를 생각하며
쓰레기를 줄이자.
500년 동안 한자리를 지킨 주목이 사라지는 것을 막자.

여럿이라면 함께 꿈꿀 수 있는 일이 흘러넘쳐.

내가 전혀 관심이 없고 몰랐던 것들을
살짝 흘려듣기도 하는데
그것이 의외로 큰 의미가 될 때도 있지.
우리는 문득문득 서로에게 놀러 가.
우리는 둥그렇고 정답게 모여 있어.
따뜻한 난롯가에 앉아 서로를 바라보면
코끝이 환해지고 온기가 피어올라.

사표가 수리되었다. 이제부터 나는
조금씩 가난해질 예정이다.

백수가 된 첫날.

늦었다!

디리링!
디리링

아침, 출근하지 않아도 되다니.
오늘도, 내일도, 모레도 모두 내 것이라니!

맞다!
나 백수지!!
행복하다.

척추가
스르르ㅡ.

해야만 하는 것도, 되어야 하는 것도
없다. 하루하루 좋아하는 일을
하고 있다.

사람들이 말하는 '안정'과는 멀어졌지만,
마음은 더 단단해졌다.

먼 나라로 여행도 하고
음반도 만들고

가장 두근거리는 일은 조그만 서점을 연 것.

북극서점

북극
서점

그런데 과연 이 외진 곳까지 사람들이 올까?

02

티라노
엄마의
인생관

꿈꿀은 포기만 것들이 떠오르지만 크레도

31

아슬아슬 버티던 신발이
기어이 떨어졌다.

'그러면 그렇지', 소리를 듣지 않기 위해
노력했지만

오늘은 툭 끊어지는 날.

반차를 내고 공원에 왔다.

가끔은 도망쳐도 괜찮아.

집에 있는데
나 버렸네.

탁

응? 고양이 구름?

구름이 내려앉았나?

사뿐

Dear

온종일
힘내고 있을
너에게

마음의 평화

머릿속 생각들이 붉은 용암처럼 어지럽게 들끓을 때가 있었지?
네가 얼마나 힘들었는지 내가 알고 있어.

그렇지만 많은 일을 열심히, 그리고 무사히 겪어 내고
그 모두가 어떤 의미인지를 알 수 있게 되었을 거야.
지나가는 것들을 가만히 지켜볼 수도 있게 되었을 거야.
'그래, 그럴 수도 있지. 어떻게든 될 거야.'

이제는 아늑함과 질서 속에 마음 푹 놓고
네가 정말 원하는 일을 하렴.
너를 둘러싼 빛은 쉽사리 변하지 않고 든든하게 감싸 줄 테니까.

무엇도 잘못되지 않을 거야.
다시 나쁜 일이 일어나도 너를 무너뜨릴 정도는 아니야.
이제는 안심해.

너는 마침내 불안의 파도를 타던 시절에서 벗어났어.
혼자 있는 시간도 외롭지 않고,
터억 하니 앉아 즐겁게 장난을 칠 수 있게 되었잖아.
네가 가꿔 온 인생은 튼튼한 뿌리가 되어서
너를 받쳐 주고 있으니까.
이제 너에게 어떤 나쁜 일이 일어나더라도
사이사이에는 사소한 행복이 의심 없이 찾아올 거야.

자신을 무조건 응원해 주는 단 한 사람만 있다면
인간은 절대 길을 잃어버리지 않는대.
가족은 아무리 멀리에 있어도 네가 원한다면
언제나 돌아올 수 있는 집이야.

오늘도 무사하고 안녕하기를 간절히 바라는 마음으로
너를 지켜보고 못난 부분도 예뻐해 줄 거야.
방귀를 뀌어도 웃음 한 방이면 다 용서가 되지.

우리는 함께 모여 뜨거운 국물을 먹는 사람들.
밥숟가락 위에 맛있는 것을 얹어 주는 사람들.
네가 기운차게 뻗어 갈 수 있게 힘껏 물을 보내 주고
햇빛을 더 잘 받을 수 있게 높이 올려 주고 싶어.

가족이 꼭 피로 이어져 있을 필요는 없어.
엄마와 아빠도 남남이었지만 서로 만나 가족이 되었잖아.
서로 예뻐하면 어느 누구하고나 가족이 될 수 있는 거지.

안타깝게도 지금 너의 가족이 완벽한 네 편이 아닐 수도 있어.
그럴 땐 네가 먼저 그런 사람이 되어 주면 어떨까?
믿어 주고, 지지해 주고, 자주 사랑한다고 말해 준다면?
네가 먼저 그런 사람이 되어 주면
그 사람도 너에게 점점 더 든든한 집이 되어 줄 거야.
'내가 언제나, 무슨 일이 있어도 네 편인 것 알고 있지?'라는 말로
시작해 보자.

네가 있어서 세상이 조금 더 빛나게 되었고
네가 있어서 사람들은 조금 더 행복해졌어.

다른 사람들은 잘 모르겠지만
나는 언제나 너를 지켜보아 온 사람.
그래서 나는 알고 있어.
힘들 때 내쉬었던 한숨과 미간의 주름.
피곤한 몸을 다시 한번 일으켜 묵묵히 했던 그 많은 일들,
소중한 것을 지키기 위해 포기한 것들과
때로는 그것들을 얼마나 그리워하는지.
너는 내게 너무나 대단하고 자랑스러운 사람이야.

너는 할 수 없을 때조차 한 번 더 힘을 냈잖아.
오늘만큼은 어깨를 곧게 펴고
이마를 빛내며 씩씩하게 걸어 봐.

들어 봐.
나는 실은 매일 아침 너를 마음으로 칭찬해 주고 있어.
잘했다. 잘했다.
네가 그동안 이룬 이 멋진 것들을 돌아봐.
고생하며 담아 둔 몸속의 녹슨 것들이
스르르 씻겨 내려가기를 바라.

많은 일을 힘들게 겪어 내며 하나씩 하나씩 깨달아 왔구나.

실수를 되새기며 성장하고,

상처 난 자리에 신선한 이파리를 힘껏 움트게 한 거야.

너처럼 맑고 깊은 눈빛을 가진 사람들을 볼 때가 있어.

그 사람 안에 무겁고 커다란 추가 들어 있는 것처럼 느껴져.

겉모습뿐만 아니라 깊숙한 안쪽을 알아보고 이해해 주는 거야.

과거와 현재와 미래를 모두 함께 생각하고 판단할 수 있는 것.
마음이 늘 고요하지는 않겠지만
사랑할 수 있는 것을 좀 더 늘려 가는 것.
힘들었지만 이제는 누군가를 용서할 수도 있게 되었을까?

좋아하는 사람과 싫어하는 사람,
방울새와 까마귀,
땅의 시작과 절벽의 끝,
새로운 것과 헌것 모두를 같은 무게로 귀하게 대하는 너.

가끔 네가 하는 말과 행동에 내 마음이 스르르 녹아.
네 옆에 머무는 사람들이 예쁜 빛으로 물들어 가고 있어.
내 곁에 있어 주어서 정말 고마워.

그래, 오늘은 유치원도 땡땡이다.

유치원

정말 입고 왔네?

응, 네가 같이 공룡놀이 하자고 했잖아. 네가 하자고 하는 건 다 좋아.

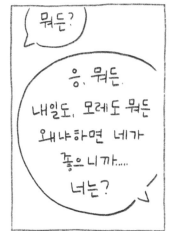

뭐든?

응, 뭐든. 내일도, 모레도 뭐든 왜냐하면 네가 좋으니까..... 너는?

대답은?

소곤소곤

어? 엄마! 회사 안 갔어?

응, 너랑 놀려고 다시 왔지. 너 좋아하는 삼선 짜장면 먹으러 갈까?

그래? 근데 오늘은 엄마 혼자 놀면 안 될까? 우리 공룡부족에게 곧 엄청 큰 운석이 떨어질 거라 함께 도망가야 해. 우리 멸종하면 안 되거든. 내일도 모레도 같이 살아가야 해.

말 잘하네!

그래, 오늘만큼은
혼자 좀 더 걷자.

03

안 무서운
유령언니의
인생관

그래도 좋아하는 걸 하는 게 좋아

재능이 없는 것일까, 종종 생각한다.

떨어져 나가라 슬픈 마음이여.

버려진 젤리 봉지를 껍질째 먹고
쓰러진 것 같다.

Dear

잘하지 않아도
즐길 줄 아는
너에게

그동안 네가 알아낸 아름다움들이 목소리를 갖고 싶어 해.
안개처럼 뿌옇게 있을 뿐이지만 분명히 거기 있어.

조금 기다렸다가 연필로, 붓으로, 노래로 거침없이 표현하는 거야.
그건 네가 만들 수 있는 가장 아름답고 신선한 것.
소중하고 유일한 것이 태어나는 것만으로도 기뻐.

물론 항상 즐겁지만은 않겠지.
묵직한 슬픔 속에 오랜 시간 둥글려야 완성되는 것도 있으니까.
만드는 사람만이 갖게 되는 선물이 있어.
눈을 뜬 채, 아름다운 꿈속으로 걸어가 직접 살아 볼 수 있다는 것.

그 꿈속에서 너는 네가 보고 싶었던 것들을 잔뜩 만나.
지금은 세상에 없는 큰 바다오리, 나그네비둘기. 말하는 돌,
한쪽 날개는 황금빛이고 다른 날개는 오로라 빛깔인 거대한 새.

꿈에서 깨어도 그것은 세상에 존재할 거야.
네가 만든 모든 것들 속에 살아가고 있을 거야.

그렇게 태어난 것들은
네가 예상할 수 없는 곳으로 산책을 나가서
너와 비슷한 누군가와 만나 악수를 해.
마침내 만나서 둘은 서로 외롭지 않아져.

너도 언젠가 따스한 것을 한껏 받아 보았던 거야?
그때를 기억하고 나에게 그 기쁨을 전해 주는 것일까?

사람들에게는 누구에게나 푹신한 곳이 필요해.
의외의 선물을 받으면 세상이 놀랍고 신선해.
네가 나에게 나누어 준 것 덕분에
세상이 참으로 푹신하게 느껴진다.

네 덕분에 내가 무엇을 특별히 잘하지 않아도
세상을 기쁘게 살아가기에 충분한 사람이라고 느껴.
그래서 나도 언젠가 이것을 누군가에게 나누어 줄 거야.
네 덕분에 이곳에서 저곳으로 마음이 흐르는구나.

고운 마음들이 모여서 흐르고 강물이 되었어.
우연히 기쁜 일들을 만난 사람들은
세상이 한결 부드럽다고 느끼며 땅 위를 흘러갈 거야.

아무 날도 아니고, 아무런 일도 없는 어느 날,
햇빛 속에 눈을 감았는데 문득
세상의 평화로운 물결이 느껴진다면
그 모든 따스함이 너로부터 시작된 거라는 것을 기억해.

수수한 모습으로 가만히 있지만
너는 혼자 은빛 옷을 입고 있는 것 같아.
조그맣게 빛나고 있어.

사람들은 모두 다르고 저마다 숨겨진 비밀이 있겠지만
말도 안 해 본 내가 어떻게 알겠어?
너처럼 흥미로운 사람들이 잔뜩 생겨난다면
저 모퉁이를 돌았을 때 어떤 사람이 나올지 궁금하겠다.
사는 것이 훨씬 재미있을 것 같아.

너를 이루는 겹겹 사이에는 그동안의 역사가 잔뜩 숨겨져 있지.
좋아하는 것을 얼마나 열심히 찾아내고
싫어하는 것을 물리쳐 왔을까?

세상이 너에게 말을 걸었을 때
언제나 너만의 대답을 하고 있었던 거야.
그 대답들을 예쁘게 쌓으며 풍요롭고 유일한 너를 만들었어.
네가 정말로 원하는 것을 정직하게 좇으며 네가 되어 왔어.

네가 궁금해. 사이사이마다 오묘한 무엇을 숨겨 놓았을까?

누군가 괴로워하는 것을 보면 함께 괴롭지만

내가 무력하게 느껴져서 그냥 모른 체하고 싶을 때가 있지.

하지만 너에게는 슬픈 것들에 고개 돌리지 않고
똑바로 바라볼 수 있는 용기가 있어.
그것은 너를 아프게 하는 일이지만,
그게 아니면 할 수 없는 일이 있어.
너는 큰 소리로 말하지.
"그걸 당장 그만둬요."
옳다고 생각하는 일을 저질러 버리면 속이 후련해. 안심돼.

세상에는 어그러지고 아픈 것을 보아도
아무것도 하지 못하는 사람들이 훨씬 많아.
자신을 과소평가하고 있거든.
잘못된 일은 바다와 같아서 자신이 두 손으로 한 번 떠내 봤자
줄어들지 않을 거라고 생각하지.

하지만 용기 있고 다정한 너의 행동을 보며
많은 사람이 조금씩 물들고 있어.

작은 일도 좋아.
그것은 언젠가, 어디로든 번져 나갈 거야.
조용히 곧은 일을 해나가는 동안, 적어도 네 눈빛만은
선명하게 지킬 수 있잖아.

지난 한 달간 이곳에서
자원봉사를 하고 있다.

동물에게는 조심스럽게
거리를 두어야 다시 야생
으로 돌아갈 수 있다.

거리감을 가져야
하는데...

너무
귀여워.

그만
주세요!

이곳에는 각자 성향이 분명한 사람들이 모여 있다.

이 사람들 속에서 편안함을 느낀다.

삐 삐

파이팅!?
파이팅!
이라고
한 거야?

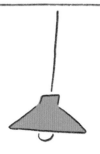

이 사람들이 하고 싶어 하는 이야기를 그려 볼 것이다.

04

초보
자연인의
인생관

믿든 믿이 있을 수 있나

살림살이가 그대로 남아 있는 시골집을
헐값에 얻게 되었습니다.

고칠 곳투성이지만 처음으로
갖게 된 내 집.

정말 하고 싶었던 일이었고 작은 성공도
누려 보았지만

어느 순간 돌아보니 마음을 다쳐 가며
버티고 있었습니다.

늘 시골에서의 자급자족을 꿈꾸었어요.

드디어 첫 수확······

땀 흘려 얻은 식재료들로 소박한 요리를.

하지만 해먹 위에서 책을 읽는 것만은
포기할 수 없습니다.

그래도 고요한 시골 생활을 이루어내려고

쫑가악 —
나, 싱그르르 벙그르르쇼에
보낼 엽서 쪼까 써주시오.
어제 우리 백구가
사람 맨치로 나를
빤히 보는디 —

우리 총각,
고맙드라고 ~
옥 봐쏘.

살펴 가셔요.

애를 쓰는 만큼 노련해지는 것이 아니라

남부지방을 강타한
태풍 비둘기로
많은 곳이
침수 피해를
입고 있습니다.

앗, 창문!

후루루~

우르릉
쿠웅 ~

쏴아

더 연약해지는 날도 있습니다.

아끼던 카메라
다 젖었네...

라면도
다 불었겠어.

쫑가악!

Dear

그래도
이만큼이나 해낸
너에게

일상의 소박함과 여유로움

맑은 강가에 신록이 우거져 있어.

너는 멜빵바지를 입고,

긴 배에 손깍지를 하고 누워 있는데

딱히 낚시를 하는 것은 아니야.

그냥 가만히 시간이 흐르는 것을 구경해.

'음, 시간이 잘 가고 있구나.'

아침에 저절로 반짝 깨어나서 기분이 좋아.

이불의 보드라움을 즐기고

잎이 한들거리는 곳으로 산책을 나왔구나.

궁금했던 외국 요리를 만들어.

화분에 씨앗을 심고 물을 잔뜩 주는 건?

빛이 잘 들고 음악이 흐르는 곳에서 느릿하게 움직여.
커튼이 바람에 들렸다 내려앉는 동안 크게 숨을 쉬고
햇빛과 노래가 주는 기쁨을 차곡차곡.
무엇이든 꼭꼭 씹어서 천천히 먹어.

시간이 아주 많게 느껴져.
뭐, 아무것도 안 해도 괜찮지.
무언가가 되지 않더라도,

이대로 충분하니까.

초원, 달, 깃털 구름.

호수에 버드나무가 한들한들.

청보리 이삭으로 가득한 바람 부는 들판.

자연에는 우리를 둥실 떠오르게 하는 아름다움이 있어.
머릿속에 고여 있는 것을 후우우 몰아내 줘.
언제나 돌아갈 곳이 있는 것 같아.
솔솔 바람 맞으며 그 안에서 낮잠을 자고 싶지.

말갛게 빛바랜 겨울 들판에 내려앉은 노을.
생명이 숨죽여 잠든 계절에도 아름다움은 있어.

자연은 그 자리에 가만히 있구나.
자연과 함께 오래 가만히 있으면 자연에 물들어.
자연스러운 사람이 되는 거야.

아직 알지 못한 식물들, 마주치지 못한 동물들.
사는 동안 모두 만날 수 있다면 좋겠다.
만나지 못하더라도 괜찮아.
우리 집 마당 앞의 흔한 나무와
깊숙한 숲속 비밀스러운 나무는
모두 연결되어 있으니까.

나무 기둥에 손바닥을 살며시 얹어 보는 것만으로도
세상 모든 자연의 튼튼함이 밀려오는 것 같아.
땅과 나무와 너의 심장 소리가 겹쳐지는 순간이야.

이상해. 집 안에 자연이 돌아다니고 있어.

이해할 수 없는 미지의 자연이 너를 너무 사랑해.

그게 마음 깊이 느껴지지?

처음에는 그저 귀여운 것을 가까이하고 싶었을 뿐.

그렇지만 어떤 경계도 없이 대자로 뻗은 평온한 낮잠

알아듣지 못하는 말로도 열심히 눈을 맞추고 말을 거는 모습은

가끔 눈물이 날 정도로 천진난만하지.

몸집 커다란 네가 무서울 테지만

큰 용기를 내어 너를 사랑해주는 거야.

네가 자기를 얼마나 사랑하는지 알아챘을 테니까.

어두운 방에 우두커니 앉아 있을 때 반짝하고 나타나
슬픈 생각을 흩뜨려 주는 존재.
바라는 것은 오직 함께 있는 것.

분명히 네가 쓰다듬어 주는 것인데도
오히려 누군가 너를 커다란 손으로 쓰다듬어 주는 것 같을 거야.

언젠가 네 곁을 떠나게 된다면 이 순간을 오래오래 그리워하겠지.
꿈에서라도 만나고 싶을 것 같아.
그러니 가만히 옆에 다가와 앉은 조그만
털북숭이를 꿈결처럼 어루만져 주렴.
조금 더 오래오래.

혼자만의 시간

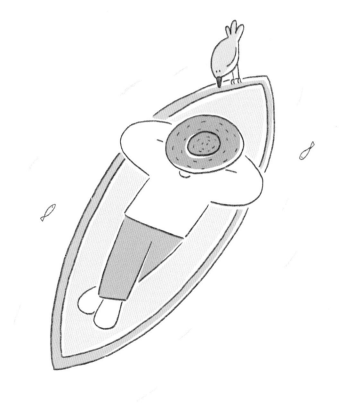

바쁘게 무언가 나를 계속 봐달라고

아우성인 세상으로부터

멀찌감치 물러나 스스로를 들여다보는 너.

넓은 들판을 보며 귤 알맹이의 맛과 감촉을
느끼는 중이구나.
비둘기가 빵을 먹는 모습을 한참 동안 바라볼 수도 있어.
목덜미 사이로 부드럽게 통과하는 바람,
해가 기울 때 동네에서 들려오는 소리를 들으며
천천히 시간을 음미하는 것.

조용히 세상과 스스로를 사랑할 시간을 갖는 너를 보니
나도 기분이 좋아.

와, 혼자서는 굉장히 아무렇게나 있을 수도 있구나.
다리를 목 위에 걸치고 돼지코를 해볼 수도
왈라깔라 부뜨라밍 시스소소 얄롱파퍄
이상한 말을 외칠 수도 있어!

산책을 하며 좋았던 일들을 길어 올리고
잠깐 멈춰서 마음껏 미래를 꿈꾸기도 해.
예전에 우연히 만난 커다란 바다거북을 떠올리고 있니?
네가 따뜻한 차를 쪼르륵 따르고
두 손에 온기를 느끼는 시간.
눈을 감고 조용히 고요를 즐기는 소중한 시간을
방해하지 않을게.

무언가가 되기 위해, 증명하기 위해
노력하던 시절에서 비껴가 있다.

텃밭에는 조금씩 먹거리가 늘어가고,
몇 가지 요리에는 자신이 생겼다.

새로 생긴 친구들과 시간을 보내는 법

이제는 새로운 가족도 함께

어쩌면 이곳에서 내가 진짜 하고 싶은 이야기를
시작할 수 있을지도 모른다.

05 | 음악
소년의
인생관

악한 모습 좀 보이면 어때

원래도 독특하다는 말은 종종 들어 왔지만,

아이고, 이름이 그...
리트리... 안내견이지요?

시력을 잃고 나서는

딱히 안내를 하지는...

아닙니다. 그냥 제가 개를 좋아해서요. 청소년은 안내견을 받을 수 없어요.

지나치게 개성적인 사람이 되어 버렸다.

안타깝게도 너무 많은 것을 덮어 버릴 정도의 개성이랄까.

안내? 노는 거야? 할래, 할래.

아이쿠, 이런 실례를...

아주 똑부러지는구만. 걱정이 없겠어

나보다 네가 훨씬 사고꾸러기잖아.

만날 뭐 망가뜨리고.

시익 시익 시이익 화가 난다, 화가 나.

아니, 어디서 방울뱀 소리가?

처음엔 시력이 사라져 가는 것이 슬프고 당황스러워 방 안에만 머물렀다. 자꾸만 멍하니 납작해지고, 더 납작해지고.

하지만 정신없는 단짝 친구가 있어서

조금은 더 힘을 내어 빠져나온 것 같다.

우리는 서로에게

'그래'라고 말해 주는 사람들.

하지만 멀리 떨어지면 서로에게 묻는 것을 망설이게 될까?

때로는 용기를 내서 마음껏 기대도 좋겠지.

Dear

그렇게
단단해져 가는
너에게

안녕, 언제나 반가운 나의 친구.

떠올리면 멀리서 네 웃음소리가 들려오는구나.

우리가 함께 불렀던 엉뚱한 노래와

시시하지만 너와만 할 수 있는

농담들도.

참 신기하지. 우리는 낯선 사람이었는데
이제는 서로에게 당연한 사람이 되었어.
그게 얼마나 멋진 일인지!
네가 당연해진 것이 얼마나 고마운지 몰라.
너와 함께라면 가만히 앉아서도 멋진 산책을 하는 기분이야.

시간이 흐른 지금도 나는 문득 우리가 너무도 닮아서 반갑고,
너에게서 훌륭한 점을 발견할 때마다 놀라워하고 있어.
너에게 놀러 가는 길은 내게 얼마나 큰 위안이 되는지.

시무룩할 때는 혼자 꽁꽁 앓고만 있지 말아 줘.
너는 예상치 못하게 깊은 물에서
어푸어푸 어쩔 줄 몰랐던 나를 건져 올려 준 사람이니까.
나도 이곳에 앉아 너의 이야기를 들어주고 싶어.

서로가 없었다면 우리가 과연 그 시절을
무사히 지나올 수 있었을까?
아마 어딘가 조금쯤 망가져 있겠지?

언젠가 네 옆에 많은 것들이 어두워질 때
진심으로 너의 무사함을 빌며 달려갈게.
옆에 있어 줄게.
오늘 구름이 좋다고, 별이 좋다고 말해 줄게.

좋은 것이 찾아왔을 때는 마음을 푹 놓고 한껏 즐기고,

좋지 않은 일이 찾아왔을 때는

스스로를 키우는 양분으로 삼는 네가 놀라워.

인간에게는 공평하게 슬픈 일이 찾아오잖아.

사랑하는 사람들은 곁을 떠나고,

소중한 물건은 닳아 없어지게 마련이지.

하지만 너는 한때나마 사랑을 줄 수 있는 사람이 있었고,

정말 마음에 드는 무언가를 가져 봤던 것을 고마워하는 사람이야.

그래. 얻는 것과 잃어버리는 것은 함께 연결되어 있으니까.

너는 그것을 알고 있는 거야.

둘 중 하나가 없으면 나머지도 없고,

사라진 것은 새로 생겨나는 것들의 이유가 된다는 것을.

어두워 보이지 않는 뿌리와 햇빛, 푸른 이파리는

연결되어 있으니까.

어떤 일들은 무조건 일어나게 마련이고
그것을 어떻게 겪어 낼지 결심하는 것은 인간의 일.
괴로운 일이 모두 지나가면,

너와 같은 사람을 이해할 수 있는 힘이 생기지.

세상의 모든 응답도
결국은 그냥 구름의 그림자일 뿐이라는 것을 알고 있는 너.
무엇도 필요 이상으로 무서워하지 않는 담대한 사람.
소나기처럼 쏟아지는 행복을 화창하게 만끽하고 있구나.

너라면 물웅덩이에 옷이 젖었을 때라도
이참에 풍덩풍덩 물장난을 치겠지?

야망과 성취감

너는 큰 사람이 될 거야.

강한 힘을 가지고 네가 좋아하는 일을

더 마음껏 할 수 있게 될 거야.

옳다고 생각하는 일들을 성큼성큼 이룰 거야.

기왕이면 발걸음을 크게 구르고 원하는 곳까지 훨훨 날아가렴.

좋아하는 일을 향해 가는 동안

키가 커지고, 눈도 커지고,

목소리도 멀리까지 울릴 테지.

네 마음에 불꽃이 솟아오르는 것이 보여.

높고 넓고 커다란 곳에서 불꽃을 들어 올리는 네가 보여.

힘든 일들을 물리치며 한 계단, 한 계단 올라갈수록
더 먼 풍경이 보일 거야.
그리고 마침내 네가 믿는 것들을
자랑스럽게 세상에 내놓을 수 있겠지.
그것을 위해 힘겹게 책임을 이겨 내고
조금은 돌아가더라도 옳은 방법을 택할 거야.
사실은 그게 가장 빠른 방법이라는 것을 알 만큼 현명하니까.

네가 다른 사람에게 줄 커다란 기쁨을 떠올리니
내 마음이 벌써 벅차다.
많은 사람의 박수 소리가 들려와.

아주 높은 곳까지 올라가지 않아도 좋아.
네가 오른 봉우리가 조그맣더라도
나는 함께 만세를 부를 거야.

세상을 더 깊게 이해하고 싶구나? 애정을 담아.

누군가 오랫동안 골똘히 알아낸 진실을 정성껏 들어주는 일.
거기에 너의 새로운 생각을 얹는 일.

이것은 왜 그럴까,
자, 그럼 이 문제를 어떻게 해결해 볼까?
물음표에 느낌표를 얹다가
마침내 머릿속에 환하게 불이 켜지는 기쁨.

일 년 내내 천둥이 치는 호수에서 왜 그런 일이 일어나는지
누군가는 인생을 걸고 알아냈을 거야.
그것을 한 페이지로 단박에 알 수 있다니.
와, 나도 너처럼 경이로움을 느껴.

우주에 태어나 존재하는 것들에게는 과정과 이유가 있을 거야.
알고 바라보면 모든 것이
총천연색의 색깔로 이어져 있는 것이 보일 거야.
오래전 폭발한 별의 먼지가 인간이 되었다지?

봐, 세상이 얼마나 깊고도 넓은지!

어릴 때부터 살아온 이 바닷가 마을.
하루에 한 번은 반드시 좋아하는 것을
만난다.

엇,
비자 열매
냄새다.

어른이 되면 해 보고 싶은 것이 너무 많다.
몸으로 부딪혀 직접 만들어 보는 것은

내가 무언가를 좋아한다는 최고의 표현.

그런 생각을 해 보면
마음이 언덕을 달리고
어느덧 고운 흙냄새
복숭아 꽃잎이

날리네

지금쯤 고향엔 겨울이 아물고
친구들 얼굴엔 봄이 번져 가겠지

어, 나야.
이삿짐 정리는 다 했어?
그때 말한
노래 다 만들었어.

히말라야
할머니의
인생관

이 글이 너에게 닿을지는 모르겠지만,
적어도 나 자신에게는 닿기를 바라며
쓸게.

나는 인도 북쪽의 작은 마을에 도착했어.

네가 나에게 단단히 일러두었던
그곳 말이야.

네가 떠난 후,
나는 오랫동안 아주 바쁘게 지냈어.

내가 너무 슬퍼하지 않았으면 좋겠다고
네가 말했잖아.

하지만 지금은 잠시 혼자 떠나왔어.
낯선 방에 앉아 있으니 이제 마음껏
마음이 아파 와.

언젠가 고통이 그치게 되는 날이 올까?

너무 애쓰지는 않기로 했어.
녹지 않고 그저 잘 둥글려
평생 품어야 하는 슬픔도 있으니까.

나도 언젠가의 너처럼 죽음을 앞두게
되었어.

더듬거리며 왔지만, 이제는 내게 가장
소중한 것이 무엇인지 알아.

남은 시간 동안 마음 놓고
삶을 정확히 누릴게.

오늘은 일곱 시간을 더 들어와야 하는
호숫가 마을에 왔어.

직접 키운 보리로 밥을 지어 먹는 곳이야.
민박집 아이들이 귀여워.

너를 처음 만났을 때가 생각나.
너의 까다로움과 정직함을,
느낀 그대로를 애써 전달하려 했던 정성을.

나는 늘 사랑해 왔어.

나는 늘 너를 새롭게 알아가야만 했어.

삶에 부침이 많았던 너는

언제나 어딘가를 향해 변해 갔으니까.

그래, 항상 더 용기가 필요한 쪽으로.

네가 너무 그리워.

Dear

마지막 하루까지
정성스럽게 살아갈
너에게

마술사 모자에서 꽃잎과 폭죽이 터지는 것.
온종일 도토리 열매에 얼굴을 그려 넣는 일.

그래, 모두 금세 사라지고 말, 별 쓸데없는 일이지.
그냥 재미있으니까 하는 일들이지만
'그냥'을 누가 말릴 수 있을까?
순수한 기쁨으로 눈을 빛내며 하는 일이잖아.

쓸모없어 보이는 그 시간에
마음속 뾰족뾰족 얼어 있는 것들이 깨지고 녹아 사라져 버려.

너는 몸집만 한 비눗방울을 불어
아이들을 감싸 터트려 주는 수고를 즐기지.
단지 까르르 터지는 웃음을 한번 듣고 싶어서.

네가 길에서 이상한 춤을 마음껏 춰도 부끄럽지 않아.
나도 너를 따라 코를 벌름거리며 신나게 춤을 출 거야.
그런 것들이 모두 아무렇지 않게 자연스러워.

네 설렁설렁한 유머들이 너무 재미있어서 가끔 천재처럼 느껴진다.
함께 있으면 도대체 시간이 어떻게 가는지도 모르겠는데
집에 돌아오는 길에는 이상하게 힘찬 발걸음.

이 모든 것이 내가 잠시나마 곁에서 행복하기를 바라는
너의 예쁘고 선한 마음 때문이라는 것을 알아.

진실한 사랑

그 사람이 무슨 말이라도 했으면, 바랄 때가 있어.

가만히 귀 기울이고 싶어서.

돌아가는 길에 벌써부터 다시 보게 될 날을 기다리지.

자주 떠올리는 동안 네 안에는 그 사람의 자리가 생기고

오직 그 사람만이 빈자리에 찾아올 수 있어.

꽃잎과 돌멩이도 의미 있게 보이고, 세상이 더 자세하고 밝아져.
그 사람을 생각하면 가슴이 아릿한데 함께 걸으면 괜찮아.
이 길이 끝없이 이어지기를 원하지.

평범한 몸이 일렁이는 푸른 파도로 채워져.
너에게서 출발한 파도가 그 사람의 해변에 도착했을 때
둘의 영혼은 이어지게 되는 거야. 함께 손을 잡고 바다가 되지.

진심으로 사랑할 수 있는 누군가를 만나기 위해서는
큰 용기가 필요해.
깊이 마음 쓰고 큰 정성을 기울여야 하지만,
괜찮아, 그동안 더 좋은 사람이 되어 갈 거야.

오랜 시간이 흐르면 설렘은 마침내 믿음과 안락함으로 빛나겠지.

그런 사랑이 네게 올 거야.
나쁜 꿈을 꾸었을 때 괜찮다고 말해 주는 사람.
뜨거운 이마에 손을 올려 주는 사람.
마음이 길을 잃고 비를 맞아 떨릴 때,
따스한 집이 되어 주는 사람.

살아가기 위해 네가 아닌 것들을

몇 겹씩 입고 있었지만

이제는 훌훌 벗어 방에 잠시 두고

순수한 알맹이로 신나게 여행을 떠나지.

아, 그 홀가분함이란.

여행은 네가 원하는 곳에서, 원하는 방식대로
순식간에 새로 태어날 수 있는 방법.
먼 곳으로 한 걸음씩 내디딜 때마다 기쁨도 넓어져.

지구는 수많은 사람이 동시에 사는 곳.
쿠스쿠스를 먹고, 바구니 배를 타고,
때가 되면 낯선 신에게 기도해.
히말라야의 물이 고인 호수에 발을 담그고 메밀밭을 가꾸지.
같은 인간으로 같은 시간을 지나치지만 서로 신비롭구나.

여행하면 난생처음 겪는 시간이 많아.
지구의 어두웠던 부분이 밝아지고 비로소 네가 아는 땅이 되지.

에너지를 잔뜩 채우고 돌아와서 반가워.
기다리고 있었어.
그곳에서 감탄했던 순간들을 사탕처럼 잘 쌓아 두고
가끔 꺼내어 먹으렴.

아, 그러면 참 좋을 텐데.
던지면 그때의 풍경과 소리와 냄새가
한 번에 나타나는 사탕이 너에게 있다면.

하늘은 하늘색이지. 아주 평범한 이야기야.
그렇지만 너머에 깊고 짙푸른 우주가 있잖아.

너는 하늘을 바라보면 생각이 우주까지 달려가는 사람.
더 깊어지고 더 푸르러지는 높은 곳까지
아득히 상상할 수 있는 사람.

너라면 사람이 올라탈 수도 있을 만큼
커다란 종이학이나 종이배를 접을 수도 있을 것 같아.
단지 하고 싶다는 이유 하나만으로도.

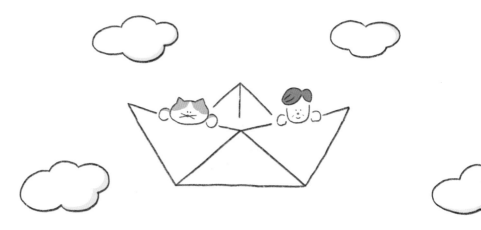

너를 가슴 뛰게 하는 것은 사랑하는 것들이니까.
사랑하는 것을 향해서는 묻고 싶고, 달려가고 싶고,
같이 춤추고 싶잖아.

그 뜨거운 마음. 터지는 불꽃놀이.
너를 설레게 하고, 노래가 흥얼거려지는 것을 발견했다면
뛰어들어 보는 거야.

사랑하는 것을 따라가다 보니
원래 있던 배경은 뒤로 물러나고 새로운 장소에 가게 되었구나.
그래, 그곳이 아주 마음에 들 거야.

한 사람이 일생을 통해 얻을 수 있는
가장 높은 경치는 어떤 곳일까?

더는 흔들리지 않고,
뿌듯한 시절을 보낼게.

기쁨을 잘 품고 있다가 너를 다시 만나면
전해줄게. 동그랗고 따스하고 예쁜 것을.

우리가 다시 만날 수 있는 넓은 평원이
있을 거라고 믿어.

그곳에도 바람이 불면 풀들이 은은하고 곱게 출렁일까?

이렇게 편지 배달이 끝났습니다.

잘 다녀왔어?

응!

보고 싶었던 사람은 만나고?

응 응!

엇 나한테도? 누가 보냈지?

고생했어. 네가 있다는 것만으로도 행복해진 사람이 많았어.

고르고르릉

푹 자고 일어나면 다시 태어날 거야.

네가 원하는 무엇으로든.

저는

다시 한번

고양이로 태어났어요.
조금은 호들갑스러웠던 이 사람의 곁으로.

고양이는 언제나 멋지고,

무엇보다 함께했던 내내

행복했거든요.

모두 잘 지내고 있나요?

정말 소중한 것이 무엇인지, 아직은 천천히 고르는 중인가요?

드디어 알아냈다면,

아주 조그맣더라도,   너무 돌아가지 않기를 바라요.

오늘 당장 품에 안기를 바라요.

당신에게는
어떤 편지가 배달될까요?

고르고르의 인생관 편지

일상의
소박함과 여유로움
68

자연의 아름다움
70

동물을 사랑하기
72

혼자만의 시간
74

잘 맞는
사람과의 우정
84

긍정적이고
강한 마음
86

야망과 성취감
88

지식의 탐구
90

재미와 유머
100

진실한 사랑
102

여행과 모험
104

호기심과 열정
106

인생관 게임 방법

24개의 인생관 중
나에게 가장 중요한 것
5가지를 골라보겠습니다.

그다지 매력이 느껴지지 않는 것
4개를 골라 제외합니다.

다 좋은 말이지만 이건 별로.

덜 중요한 것
10개를 더 골라내 봅니다.

으ㅡ 어려워진다!

버리기 힘든 것들 10개가 남았지요?
남은 인생관들과 함께
조각배를 탔습니다.

큰 바람이 불어 모두 날아갔어요.
물에 젖어 사라지려고 합니다.
정말 소중한 것 5개만 건져 주세요.

서로 비슷하기도 하고, 다르기도 하고,

시간이 흐르면 변하기도 하겠지만.

지금 당신에게 소중한 인생관은
무엇인가요?

고양이와 인생을 사랑하는 여러분, 안녕하세요?

어느덧 이 책의 마지막 장소에 도착했습니다.
당신의 사랑스러운 점을 넌지시 발견해 주는 이 편지를 받아 주세요.
사랑과 칭찬이 필요한 날, 스스로의 다정한 친구가 되어 주고,
든든한 보호자가 되어 주고 싶을 때,
이 책이 마음의 구석진 곳을 부드럽게 채워 주기를 바랍니다.

조금 더 행복한 사람이 되기 위해, 좋은 사람이 되기 위해
조심스럽고 어렵게 살아왔을 당신에게 감사합니다.
그래서 당신이 필요한 누군가의 곁에 잘 머물러 주고 있을 테니까요.

그런 당신이 기댈 수 있는 책이 되기를 바랍니다.

슬로보트 드림

고르고르 인생관

초판 1쇄 펴낸날 2021년 11월 20일
초판 3쇄 펴낸날 2023년 9월 20일

지은이 슬로보트
그린이 김성라
디자인 호롱불스튜디오
편   집 조정희

펴낸이 류미진
펴낸곳 어떤우주
출판등록 2019년 3월 15일(제 2019-000020호)
주소 경기도 부천시 장말로280번길 45
전자우편 etujubook@naver.com
인스타그램 @et.uju.book

ISBN 979-11-967598-0-3 03810

ⓒ 슬로보트, 김성라 2021

이 도서는 2021 경기도 우수출판물 제작지원사업 선정작입니다.